Woebegone Wynds

Translated to German from the English
version of
Woebegone Wynds

Hornbill Harcel

Ukiyoto Publishing

All global publishing rights are held by

Ukiyoto Publishing

Published in 2023

Content Copyright © Hornbill Harcel

ISBN 9789360499204

All rights reserved.

No part of this publication may be reproduced, transmitted, or stored in a retrieval system, in any form by any means, electronic, mechanical, photocopying, recording or otherwise, without the prior permission of the publisher.

The moral rights of the author have been asserted.

This is a work of fiction. Names, characters, businesses, places, events, locales, and incidents are either the products of the author's imagination or used in a fictitious manner. Any resemblance to actual persons, living or dead, or actual events is purely coincidental.

This book is sold subject to the condition that it shall not by way of trade or otherwise, be lent, resold, hired out or otherwise circulated, without the publisher's prior consent, in any form of binding or cover other than that in which it is published.

www.ukiyoto.com

Die Nacht bricht an und ihr Licht erstrahlt. Suchen Sie nach dem Scion und seinem Führer.

Danksagungen

Vor elf Jahren, als ich anfing, meine fragmentierten Gedichte zu schreiben, hätte ich mir nie träumen lassen, dass ich diese Geschichten erzählen und einige davon in einem Buch veröffentlichen würde. Dieses Buch in den Händen zu halten und meinen Namen als Autor zu sehen, ist surreal und wirkt immer noch wie ein Kuchen am Himmel. Es wäre unmöglich, allen und allem im Universum zu danken, die den Weg für die Verwirklichung dieses Buches geebnet haben – aber es gibt einige Heilige, die Beifall verdienen.

In erster Linie möchte ich mich bei meinen lieben Eltern bedanken, die mich ermutigt und in schwierigen Zeiten meine Hand gehalten haben. Es ist ihrer Liebe und ständigen Unterstützung zu verdanken, dass ich das Schreiben nicht aufgegeben habe. Es ist einer meiner Träume, etwas Außergewöhnliches in meiner Muttersprache zu schreiben und es ihnen zu widmen. Rufen Sie meine Schwester Sugandha für ihre gesunde Kritik und meinen Bruder Madhav an, der mir sagte, ich solle seinen Namen in die Anerkennung aufnehmen, wenn ich beim Spielen von Stein, Papier und Schere verliere.

Ein Burj Khalifa der Dankbarkeit an Niket Raj Dwivedi für die Frage: "Willst du dein eigenes Buch veröffentlichen?" und dafür, dass er mich durch den Prozess der Veröffentlichung geführt hat. Ein Tipp an das gesamte Team von The Write Order für ihre Bemühungen und ihre unermüdliche Arbeit an diesem Buch.

Mein herzlicher Dank gilt der erstaunlichen Vernika Singh für ihre Anregungen, ihren Enthusiasmus und ihre aufschlussreiche redaktionelle Beratung. Vielen Dank für die Berücksichtigung meiner Anregungen. Ich hatte einen Riesenspaß dabei, an deiner Seite zu arbeiten.

Ich möchte mich auch bei mir bedanken – dafür, dass ich dieses Manuskript in seinen frühen Stadien überprüft habe und mir gesagt habe, dass es Müll ist. Das ist es immer noch. Für diejenigen, die schlaflose Nächte arbeiten und es nach einem 9-

stündigen Job bearbeiten. Um mich daran zu erinnern, brauche ich nicht aus meinem Kopf zu schreiben, sondern aus meinem Herzen.

Zu guter Letzt möchte ich mich bei meiner Cousine, meiner Doppelgängerin Varinda Lakshmi Lakhanpal, dafür bedanken, dass sie vor zehn Jahren meine erste Leserin war. Vielen Dank.

Inhalt

Teil I	1
Wrongs & Rights	2
Woebegone Wynds	4
Domina & Donimus quid pro quo	5
Eukalyptus	7
Laputa	9
Dantes Inferno	11
Folks & Faes of Dream	14
Der Gehängte	15
Himmel und Erde	18
Teil II	19
Die Sonne ist weg	20
Heulen	21
Ungeheuerlich	22
Geteilte Herzen	24
Frei von Ungültigkeit	26
Regen, Sterne & Nacht	27
aus Krieg, mit Liebe	28
Oh! Calpurnia	30
Teil III	31
A Tale of Malaise Lens	32
On the Rocks	34
Pfeifentraum	36
Schattenhafte Ströme	39
im Weltraum, zwischen Sternen	43
Sasaeng	45
Es gab zwei Arten von Tod	47
Ich werde aufstehen	49
Teil IV	52
Elliptische Umlaufbahn	53
Labyrinth der verlorenen Seelen	55
Schweres Herz	57
Antediluvian Shores	58

Ein halber Gott	60
Time Wrap	63
Wir.	65
Samsara	66
Kontrolle	68
Unten in der Leere	70
Vergänglich	71
Unerinnert	72
Komet	74
BE	76
Bedürftigkeit	77
Über den Autor	79

Teil I

Wrongs & Rights

Müde von toxischen Verhaltensweisen Mein Atem schwindet in der Luft
Mit jedem Gelübde der seidenen Winde entwickelt es einen
Durst nach fairen

Wie lange der Gedanke gedauert hat
Ich habe meinen Verstand noch nie in Frage gestellt Tossing & Turning mit Geschwindigkeit
ein Traum tröstet meinen Geist

Der Adel des Königs brennt in einem Wasserschleier
Für all das Unrecht und die Rechte, leider! Es endet damit, dass es geschlachtet wird

Müde von den schattenhaften Verletzungen Mein Atem trauert um den Verlust
Mit jedem Nagen der gestohlenen Vögel wirft es das Echo von Rissen

Wie klar das Knurren der Tiefen ist
Ich habe noch nie im Leben darüber nachgedacht, die Schwelle zu beschlagen und zu schmelzen, an der ein Verlangen meine Art infiltriert

Das stolze Vorurteil der Königin singt in einem tränenreichen Tropfen

Für all das Unrecht und die Rechte, leider! Es strickt ein temporäres Grundstück

Müde vom ansprechenden Earl Mein Atem zieht das Schwert

Mit jedem Umherstreifen des vorbeiziehenden Sterns schwingt es, das Ufer zu erreichen

Wie sehr meine große Liebe gelitten hat

Ich habe noch nie die Zeit berechnet, die das Krabbeln und Betteln beim Herrn meine Augen füllt

Die große Abneigung von Knight lacht in einem Schlangenpool

Für all das Unrecht und die Rechte, leider! Es beschert mir einen tückischen Ruhm

Woebegone Wynds

Wenn man sich den verächtlichen Geschmack von Jugendlichen vorstellt, die sich in traurigen Gassen aufhalten, von Qualen und Schmerzen abgeschlachtet, haben sie keine Abhilfe, keine Ansprüche

Gezähmt durch das Spektrum der Gesetze, verhöhnt durch die Kultur, die fehlerhaft ist, bieten sie an, ihre Verbrechen aufzuheben

und bleiben Sie friedlich in Skylines

Die Fragen anflehen, die Grundstücke abgrenzen

sie ergeben sich aus der Requisite eines Chamäleons Effete erzählt und Geschichten, die sie nie in eine utopische Plakette passen, behindert durch Bigotterie-Lob, das sie in strukturierte Höhlen schieben

Fixierung der aufrührerischen Reime der Jugend, die sich in traurigen Wynds einnisten, geblendet von Geld und Ruhm

sie haben keine Abhilfe, keine Scham

Von der Hypothek der Bindungen gezähmt Von den rebarbativen Doktrinen verspottet, wollen sie ihre Gräber heben

und ruhen Sie sich ruhig in Seegrune aus

Importieren der Fragen, Neugestaltung des Throns

sie kommen aus der Robe eines Fennec. Großzügige Geschichten und Märchen, die sie vorführen, passen nie in ein idyllisches Merkmal. Chiacked von Elend und Sleaze.

sie scharadieren mit einem überflüssigen Schema

Domina & Donimus quid pro quo

Erstmals in einem antiken Land,
hat einen Stamm anomaler und kabbalistischer Grands angehäuft
Caeli, Aqua, Ignis, Terra und Quintessence waren ihre Namen
Sie pflegten den Boden und durstige Frauen

Bald wurde ein Wesen im Feuer geschmiedet und verkleidet
Überleben an der Schwelle, die der Letztere erdachte
Der Zehnte zum Gesetz war noch unbezahlt
Bis Domina und Dominus Quid Pro Quo in dieses Ass-Spiel eintraten

Ein Deal wurde getroffen und mit der Symphonie einer Leier neu gemacht
Zwei Aufzeichnungen, die bei Owl's und Hawk's Shire eingesperrt waren Albatross, Whale, Dragonfly, Leopard wurden die Augenzeugen
Vertragsbruch bedeutete, eine Handvoll Bußgelder

So wurde alles bis zum Jahrtausend unausgesprochen besiedelt, um Versprechen und Millionen Neutronen zu halbieren. Das System des Gedeihens und Methamphetamins wurde bald zu den Schnüren des Schwindens und der Kriminalität

Wasser verschmutzt, Luft begrimed, Boden abschleifend, Arboribus sterbend
Die Verbindung fiel unter die Ranken der Stängel

und wurde zu einem Werkzeug im Homines Reich Die Gelehrsamkeit der Übergänge, die zum Schlafen gelassen wurden

nur bis zum Höhepunkt der laufenden Rolle geweckt

Die Gunst verlangte, im Brandfall wiederbezahlt und im Einzelhandel verdoppelt zu werden

Die Augen von Iustitia richten alle Glaubensbekenntnisse, die schweigend darauf warten, den Kragen von dir zu ergreifen.

Eukalyptus

Die Litanei glühender Probleme verstümmelt meinen Geist mit Stürmen

Knackering and intumescing night marshaling in the corner of the blacktop It knocks on the door for entry inside

und markiert meine Reise, um ein Heilmittel zu finden, um zu überleben

Ich gehe lange Wege, bis der Wald fluoresziert und auf einige Eukalyptusblätter stößt

Das Tonen von gebrochenen Schädeln, die meinen Tenor mit Misstrauen erschüttern Konvulsionen und zermürbende Overhead-Flüstern der halbfertigen Geheimnisse

Es jagt mich auf den Mooren, um einen Preis zu bieten

und lässt mich hoffnungslos von Plünderern zurück, wenn ich auf den Wegen stolpere, bis die Straßen divergieren

und kommt auf einige Eukalyptusstämme

Der trauernde Schleier des pompösen Landstreichers, der die Tage in fernen Lagern jodelt, Überstunden ermahnt und pirouettiert, die Türme mit Bestechungsgeldern erobert

Es verspottet meine Moils, die in der dreisten Sonne spazieren gehen, und hetzt meinen Körper mit keuschem Trumpf

Ich mäandere die Ränder, bis der Pilz distelt und auf ein paar Eukalyptusgranulate stößt

Die Verstrickung der gefolterten Leben vernebelt die Massen in entmutigende Spaltungen Squidging und bezaubernde Übersee reden davon, zu Salems Füßen zu predigen

Es ergreift mich im Fünfeck zum anstehenden Preis und markiert mich als Hexe, die an einer Hakenleine gefesselt ist. Ich überlebe das Feuer, bis das Verlangen anhält

und Verbrennungen beim Schließen beim Anblick von Eukalyptus

Laputa

Gestrandet auf einem riesigen Raum des Vakuums ein Land der großen agilen

Surfen in den Geschichten der Geschichte

die unbezahlbare, lebensrettende Herrliche Früchte der Neurowissenschaften

immer weiter fortschreitend, niemals auf zuckerhaltige Freuden und Freuden verzichten

als sinnloser Preis Schmaltzys Werte der Liebe und des Vertrauens anvertraut

bindet den Beschützer und den Schub Inszenierung des Tanzes der sanften Ehefrauen

choreografie eines Gefängnisses für Stämme Schizophrenie der Mitsapiens

fliege im Angesicht der Hoffnung Nach den Regeln der Dichotomie sanktioniert

laufen, Rutschen und Wehe Sanguineness des gesamten Landes

diktiert die heimatlosen göttlichen Einfachen Schätze der Pflanzen und Kulturen

verbrennungen in ihren taktvollen Kämpfen

Schleichende Ideen von blau-himmlischen Tausendfüßler-Entlüftungen aus den täglichen Estrichen

Sardonische Verschiebungen in den Windmustern, die wie ein wunderbares Auto behandelt werden

Serendipity of finding Balnibarbi

sehnt sich nach dem fröhlichen, adamantinischen, surrealen Verhalten der verzweifelten Leute versuchen, scheuen, ergänzende Grenzen Subsidiarität geschaffen durch Strabismus Männer

tun wenig mit Delegationen und Stift Seltsame Gestalten üblicher Doktrinen

verloren und an den fossilen Stätten gefunden Singen der Musik der verängstigten Frauen

Laputa! was für eine geschmacklose Notlage

Dantes Inferno

Nacht, Tage und traurige Lieder, die vor dem Feuer im Morgengrauen gesungen wurden

bevor das Leben zu einem Rennen wurde, verliere ich und es scheint, dass ich dich auch verliere.

Glühwürmchen, Bienen und Tinkerbell flüstern Geheimnisse miteinander, bevor sie sich im Morgengrauen in Feenstaub sonnen

und es scheint, dass sie mich auch ausgeschlossen haben.

Herzschmerz, Lässigkeit und unheimliche Tore für Jugend und Ruhm verschluckt

Die Welt war noch nie so verloren in meinem Kopf und es scheint, dass ich auch darin ertrinke.

Tiefer und tiefer graben, aber nie das Licht erreichen, wo ist das Ende des Tunnels, das sie heute Abend geflüstert haben

Es scheint, ich stecke in diesem Brunnen fest und es gibt kein Entkommen, kein Ende, das ich nicht mehr hören kann

das Flüstern von Käfern und die schwachen Tempelglocken

Der Mond steht hoch

aber es wird bald eine Sonnenfinsternis geben, ich werde für immer begraben sein und dies wird mein einsames Grab sein

Ich gehe, ich hauptsächlich, sie bleiben, sie beten bedeutungslose Liebe und freudlose Tage, die ich versuche zu fühlen, aber ich habe Angst und es scheint, dass diese Saga keinen Gewinn, sondern nur Schmerz hat

Hitze, Sonne und meine nächtlichen Eskapaden kennzeichnen diese Tür, ein Schnäppchen, um dieses flache Geld und hohle Gesicht zu handeln

Wann bin ich für dich so einer geworden?

Diese schönen Lieder und schönen Lichter halten mein Herz und blenden meine Augen

Es scheint, dass sie nie an Gewicht zunehmen werden

warum greife ich dann immer auch nach ihnen?

Dämmerung, Morgendämmerung und traurige Dämmerung singt die Geschichte der versagenden Menschheit

Er, der ein Schnitter ist und die Sense trägt Warum bin ich derjenige, den er im Auge behält

Tiefer und tiefer graben, aber nie wieder sehen, wo das Ende der Brücke ist, murmelten sie erschrocken

Es scheint, ich stecke in diesem Inferno fest und es gibt keine Pause, keinen Riss

Ich bin für immer allein in dieser Dunkelheit und höre zu bis tot sirenen und zerfallende Fallen

Der Mond ist verfinstert

und die Meereswellen haben aufgehört, ich werde für immer belastet sein

und das wird mein Abrechnungspunktestand sein

Ich bleibe, behaupte ich, sie brechen, sie töten schreckliche Jahre, verwüsten Beute

Ich versuche zu denken, aber ich habe immer noch Angst und es scheint diese Saga

hat keinen Gewinn, sondern nur Schmerzen

Leidenschaftliche, lüsterne hungrige Seelen trinken von Armen und stehlen von Gott Nie zuvor in meinem Leben

bin ich so einer verstohlenen McKnight begegnet.

Frühlings-, Sommer- und Winterschnee profitieren von der Aura genährter Kulturen in einem Land voller hungriger Seelen

Es scheint, dass ich auch von dir konsumiere.

Hirsche, Delfine und kryptischer Silvermist schnitzen eine zarte Decke, als sie sich küssten, bevor die Schlange ihnen Honig anbot, und es scheint, dass ich so erbärmlich wie Geld bin.

Tiefer und tiefer graben, aber nie meinen Stolz erfüllen, wo das Ende des Lebens ist, mit dem sie letzte Nacht gekämpft haben

Es scheint, dass ich durch die Schwerkraft fixiert bin und es keine Luft gibt, keinen Willen zu atmen

Ich spüre nicht mehr

die stationären Wellen und mein verräterisches Häm

Der Mond ist nie wieder aufgetaucht und sein Licht ist verschwunden

Ich werde für immer verfolgt werden

und das wird der ultimative Spott

Ich krieche, ich flehe, sie brauen, sie zähmen höllische Hunde und fiebrige Namen Ich versuche zu handeln, aber ich habe immer Angst und es scheint diese Saga

hat keinen Gewinn, sondern nur Schmerzen

Folks & Faes of Dream

Hör zu! Leute und Faes des Landes Es gibt etwas Böses auf dem Weg

Lange verlorene Träume von Waldwilderern, die alle versteckten Kreaturen jagen und töten

Hör zu! Leute und Faes meines Traums Etwas stimmt nicht mit mir Mit tanzenden Spielereien und heiligen Gebühren bin ich mehr als ein rücksichtsloses Wesen

Hör zu! Volk und Volk des Reiches Tummeln Sie sich nicht in den eindringlichen Ländern Die düsteren Geschichten von Talenten und Gelübden

Elend wird verurteilt und Münzen werden ertränkt

Hör zu! Folks and Faes of Fame

Es gibt keine Kronen, die es wert sind, Ihren Namen zu begraben. Die alten, eingeführten und eingeschlichenen Wege

Bleibt angebunden, ungehört und zerrissen

Hör zu! Meine lieben Leute und Faes

Weichen Sie nicht von den Taten der gefrorenen Lagen ab. Dieser Körper wird nicht mehr gehorchen

Alle Ihre Saiten und Rollenketten

Der Gehängte

(A Broken Cause)

Anmaßend war derjenige, der dachte, dass die Welt unter
Seine Handfläche Gefühllos wurde ich
Als Er mich mit gebrochenem Herzen verließ Unfassbar war der Grund Geflügelt wie ein Segelsturm
Hoffnungslos war die Jahreszeit, in der er diese kaputte Sache reparierte
Nichtsdestotrotz blieben die Leute, um diese Todesszene zu bewerten
Verliese sind meine Eigenschaften Über diesen historischen Tod zu lachen

(Unausstehliche Umgebung)

Kürze ist der Name von Gefühllos, der den Verlust seines Liebeswesens betrauert

Erhaben waren die Absichten

Dem Monster unter Benign zu applaudieren, ist mein Geist

Was sich um seine eingefangene Seele dreht Berüchtigt ist der Rhythmus

Wer grüßt bei der fruchtbaren Hoffnung

(Die unausgesprochene Wahrheit)

Aversion war der Ripper Mountain, in dem die Geister dieser Männer leben, die von dem schlauen Mann gerissen wurden

Wessen Tochter sagt, Morgan habe gelogen Erinnerung an die Schreie

Wer sagt, dass ich der Zeuge eines Verbrechens bin Ursache in diesem Fall einer Tragödie

Er blieb nur am Leben.

Himmel und Erde

Der Sieg war dazu bestimmt, nach Erde und Blut zu riechen, als er sich zweimal entschloss, Himmel und Erde zu bewegen

Ein düsterer Ruhm wird beim Geräusch eines Gebirgsbrülls ohnmächtig

Mit der Struktur eines komplexen Plans eroberte er eine Armee von Feen

Die Schönheit des Krieges wurde im Herzen unschuldig, als er sich zweimal entschloss, Schicksal und Pfad zu bewegen

Ich möchte den Unterschied zwischen einer unbekannten Straße kennen

Aber mit jedem vorbeiziehenden Baldachin

Er weist die Bitte einer durstigen Horde ab

Himmel und Himmel der reinsten Luft brennt in Qualen und weint vor Schmerz

Als er sich zweimal entschloss, Treibstoff und Kampagnen zu sammeln,

Sichtbare Münder von Leuten, die unter einem Schatten begraben sind Jedes Mal, wenn er seine

Waffenfassade

Indem ich die Sinne meiner willigen Beute beschwörte, stand ich ihm gegenüber auf, um einen klaren Weg zu finden. Obwohl ich ihm einen gebrochenen Verstand zurückzahlte

Ich bin mir ziemlich sicher, dass ich seine Meinung geändert habe.

Teil II

Die Sonne ist weg

Die Sonne ist untergegangen Das Biest ist untergegangen

Heute wird es Blutvergießen geben, ich weiß von deinen grausamen Absichten. Lass mich einfach den Rest sehen.

Ich sehe direkt durch dich hindurch Dein Herz ist einfach so schwarz, dass

dass es einen Stein liebt, der tot ist

Die Sonne ist aufgegangen Das Biest ist nicht mehr

Keine Sonnenstrahlen machen mich ganz

Gewalt, Krieg, ihr habt euch auf die Seite gestellt Also, sagt Auf Wiedersehen

denn du wirst mich nicht mehr sehen.

Heulen

Der Richter, der das Fünfeck bewacht, entscheidet über die Mängel.
wir haben eine andere Seele verloren

Sich dem Mond zuwenden Kriegsmaschinen verwirken
Wenn er sich behauptet, fliehen die Landsleute

Die Kugeln und die Gewehre durchdringen mich
Meine Rüstung besteht aus Gespenst, aber das Herz schlägt unheimlich

Das Feuer treibt das Haus an, wenn die Königin den Angriff ruft
Je mehr er sich in Rabe verwandelt, desto weniger kommt er zurück

Der alte queere Zauberer will seinen Herzschlag, der seine Seele antreibt
& die eine Stimulation auf starrem Feld

Die Kraft auf der Fahrspur hält die beiden Enden auseinander Wenn man sein Spiel spielt,
der andere bleibt auseinander.

Ungeheuerlich

Der Atem hat keinen Faden Aber er atmet weiter Ich lebe sagt er
Aber nur die Toten hören

Im Bräutigam, nächtlicher Schaum Alles ist zum Scheitern verurteilt
Tag und Nacht
nacht bis zum Ende Es wird weiter gestalkt
auf Besen

Alles, was ich höre, ist Weinen
Im albernen Trauerraum Lauf in der Zeit zurück
sonst bekommst du keine Blüte

Leben im Schatten
mit schmutzigem Blasebalg Ein Albtraum von Street Trickster im Herzen
Ich könnte ein teuflischer Überfall sein

Doch um sein Stirnrunzeln zu verkünden
Ich marschiere auf die Tierkrone zu Morgenball
Tageslichttroll
Alle seine Schreie werden von einem verschlafenen Heulen vernebelt

Der Atem hat keinen Faden

Doch ich habe tausend Nächte gelebt Warten auf die nächste Beute

Bis es meine Macht erfüllt

Ich bin am Leben, heißt es

Aber nur die Toten hören Im Bräutigam, nächtlicher Schaum Alles ist Untergang

Tag und Nacht

nacht bis zum Ende Es pirscht weiter auf dem Besen

Geteilte Herzen

Früher hat es mich so gestört,

als mein Verstand nur an dich dachte, aber dein Herzschlag raste

in einem separaten Garten der ethnischen Gebete Es hat mich so gestört,

als mein Herz nach dir geweint hat Aber deine Vision hat früher geglänzt

in der Arbeit des Stolzes des Landes

Eine Ewigkeit scheint vergangen zu sein Eine andere wird bald auch vergehen

Was aus uns wird Werden wir jemals zusammen sein

wenn wir beide eine Oktillionenzone entfernt sind

Früher hat es mich so gestört,

in das Labyrinth toter Ziele einzutauchen Aber du wusstest immer dein Schicksal

im Jubel des Patriotismus und der Heldentaten Es hat mich so gestört,

allein am Berg leben

Aber du hast einen Winterwald geschaffen, nur um ihn zurückzulassen

Eine Ewigkeit scheint vergangen zu sein Eine andere wird bald auch vergehen

Was aus uns wird Werden wir jemals zusammen sein

wenn wir beide eine Oktillionenzone entfernt sind

Unser einziger Ort mit Blumen und Wasserfällen liegt jetzt aschgrau und schwarz

mit den Verzweigungen eines zerbrochenen Krieges Die süßesten Erinnerungen überleben noch Die Ruhe ist tief unter der Erde begraben Mit einem dreifachen Schloss und ohne Schlüssel

Geteilte Herzen sind das, was ich jetzt für immer allein in der Wildnis bin

Früher hat es mich so gestört,

Als mein Geist deine Eigenschaften vergaß Aber dein Licht scheint zu leuchten

mit den Sternen des Morgenlichts Es hat mich so gestört,

als meine Hände deine Berührung vergaßen Aber deine Lieder zischen immer noch in der Luft

in einer fragenden Schneeflockenschleife Eine Ewigkeit scheint vergangen zu sein Eine andere wird bald auch vergehen

Was aus uns wird Werden wir jemals zusammen sein

wenn wir beide eine Oktillionenzone entfernt sind

Die Frage schleicht sich hinter sich Härten des Schlachtschiffes

immer noch auf einem endlosen Pfad Wenn ich an unsere düstere Vergangenheit denke, frage ich mich, welche Änderung Sie mit Waffen und einer Flagge vorgenommen haben

Geteilte Herzen sind das, was ich jetzt für immer allein in der Wildnis bin

Leben und Sterben

In einer Düsternis von Nebel und Glück

Frei von Ungültigkeit

Eine unsichtbare Leere Dunkel und Kalt
Das beruhigende Geräusch von Weltfeuerprellungen an der Kette
und Erinnerungen an Geschichtskriege Erinnere mich
Konsequenzen waren meine eigenen Aber der Sprung des Glaubens gehörte ihm
Mit einem Herzen aus Schätzen, das vor langer Zeit gestohlen wurde
Mit dem Versprechen eines Traums am Flussufer
in Elysian Fields Und ein Kuss
Voller Schuld & Freude In seinen Armen zu sein
vor dem Untergang abgestürzter Flugzeuge und Hochebenen

Vor dem Ausbruch von Pearl Harbor und dem Abscheu der Menschen
Diese Leere wird dunkel, wenn ich tief hineinschlüpfe
Mit der Reminiszenz an Kriege Mehr Dunkel und Kalt
Um im Inneren verloren zu gehen...

Regen, Sterne & Nacht

Passanten und Pfeifer kamen heute Abend zu mir

am Ufer, das wie der Mond schien In der Nähe des Fischerviertelzimmers

Alles, was wir kennengelernt oder gelesen haben

endet nicht damit, der Kopf zu sein und er wird sich bewegen

Hell und hell

wie der Mond, der ein seltsames Licht ausstrahlt

Als ich den Blitzschlag sah, bekam ich heute Abend Angst

Auf den Regen, der sich wie Sterne auf dem Mond anfühlte In der Nähe des Fischerviertelzimmers

Alles, was wir kennengelernt oder gelesen haben

endet nicht damit, der Kopf zu sein, und es wird

On and On

wie Sterne, die mittags funkeln

Frolics.

aus Krieg, mit Liebe

Im Dunkeln gehört, das Ärgernis des Schreiens Was für ein Märchen, wenn die Zeit vergeht Der Tod ist schön
aber die meisten können es nicht mit sich herumtragen
Ich kann nicht sehen, wie es davonläuft
aber ist es Folter des Todes oder ein lebendiges Leben
ohne Herz
Was für ein Grund zu bleiben
Das Leben ist die Hölle auch ohne Flammen Seine Flamme lebendig, wie es weint
schließe deine Ohren oder du wirst sterben
Ich habe einen Grund, bei Milliarden zu bleiben, um zu sterben

und legen Sie sich schwer auf mein verfluchtes Leben. Ich wünschte, ich könnte Sie mehr sehen.
auch wenn Träume mich so verraten Mit dem Ausbruch des Krieges
meine tränen fließen auch ich konnte mir die ursachen von den nicht verzeihen
Aber ich habe immer noch dich, der meinen Kopf umkreist
Du kannst mich nicht in Ruhe lassen wie den Tod auf meinem Weg
Auch du bist derselbe
dann warum Angst vor der Narbe Leben auf dem endlosen Moor
ist nicht unser Schicksal, mit mir zu leben
wird den besten Kurs auseinander nehmen

Ich sehe die Zukunft vielleicht nicht, denn sie ist schwarz

Mache mein Leben bunt

da es nur in Ihren Händen liegt

Dunkle Teints in den Korridoren des hellen Träumens, wie es mein Leben ist

Egal, denn es ist zum Scheitern verurteilt, ich werde mich immer an dich erinnern

Oh! Calpurnia

Hath Omen wünscht dir für Alone einen Tag für deine Heilung
Obwohl du weißt, wo du in deinen Träumen liegst, indem du
Twain hat sie geweint 'Julius Cäsar ist gestorben'

Teil III

A Tale of Malaise Lens

Verlorene Erinnerungen in einem alten Koffer, der in diesen Jahren Staub sammelte, die Träumerei von Momenten

unter Tränen gelagert

Ich wusste nie, wann du gehst, ich sitze hier

mit diesen Bilderbüchern, abrasive Rahmen, die nicht einmal gerecht werden

zu deinem schönen Gesicht

Aber alles, was ich noch habe, sind die Schatten, die in diesen Fotos von euch Eiswagen, New Yorker Reisen,

Warme Umarmungen, sanfte Brise punktiert mein Herz

und macht tausend Sprünge Denn ich kann die

lange Autofahrten und Picknicks ohne Retro-Nächte und Jahrgangsweine

Grüne Giebel im Grünen

verfolgt meine Träume, behindert meinen Appetit

immer wenn ich diese Gespenster sehe, die lachen und wie Sie aussehen, entlocken vergangene Filme, die in einer Schleife spielen, der Vergangenheit so frisch wie neu

diese klaren Tage, in denen ich mit den Augen spreche, lassen mich nach deiner Berührung, deiner Zeit verlangen. Aber diese Bilder sind still

und singe nicht deine Lieder Sie sind unheimlich ruhig und lähmen meine katastrophale Seele

Ich schließe jetzt diesen Kofferraum und schließe ihn zweimal ab, damit er

mit Händen und Termiten

Ich steige in einen Zug und mache mich auf den Weg, denn Ihre Bilder sind auf

mein Herz, das du zerrissen hast

Diese beengten Geschichten, die in Linsen geschrieben wurden, funktionieren als Erlösung, wurden aber früher in die Irre geführt, um Beschwörung, Tribut und Licht wiederzubeleben.

On the Rocks

Ich kann ihre Schreie hören, ich kann ihre Schreie hören, während sie sich über die trivialen Dinge streiten und streiten

Ich verstecke mich unter dem Bett und schließe die Augen Versuchen Sie, an all die glücklichen Zeiten zu denken

Sonntagspicknicks, Pferderücken

Die Schaukel auf der Veranda und mein erster Schultanz

Ich kann deinen Jubel hören und deinen Stolz sehen Diese Geschichten und Sitcoms Zeiten

Lachsfischen, Halloween-Tricks oder Leckereien Camping unter der Galaxie

Die in der Nacht ausgestellten Geschichten

Ich kann die Szene malen und diese Zeit überdenken

Miami Beach und Airbnb

sind in meinen Erinnerungen und Vormittagsträumen geblieben Jetzt wird Kaffee verschüttet und keine Lagerfeuer gemacht Die Tage vergehen in einem unromantischen Getümmel

Ich kann unsere Trennung und unseren Herzschmerz spüren

Wie kann ich zwischen Mama und Winterbär wählen?

Also bleibe ich unter der Decke und schreibe ein neues Stück ohne Partitionen, ungesunde Pausen

Wir schwimmen bis zur Müdigkeit und fressen Rosmarinkuchen Wir gehen mit Montgomery spazieren und knabbern an Fagaceae

Der Vorhang zieht nie, noch verblasst diese Träumerei Wir sind nicht auf den Felsen, vorbei an Stationstoren

Ich kann mir vorstellen, dass wir lächeln, uns unsere Freude vorstellen, während wir neu als eine Familie leben

Pfeifentraum

Als ich dich das letzte Mal gesehen habe

du hast im Regen getanzt und gesungen, als ich dich das letzte Mal getroffen habe

sie standen allein und warteten darauf, in den Zug einzusteigen

Als ich deinen Blick aus dem anderen Flugzeug traf, winkst du und lächelst und sagst meinen Namen

Oh! Ich dachte, ich träume davon, diesmal deine Aufmerksamkeit zu erregen. Deine Haare flogen mit Luft.

aber dann bist du mit einem Moment der Ausrüstung verschwunden

und seitdem hast du mich beschäftigt, ich bin nach Hause gekommen und habe ein Lied komponiert

ich spielte mit meiner Gitarre und versuchte, nicht so hart zu denken. Meine Freunde kamen und riefen

pläne für Filme und Bars zu machen, aber mein Verstand rutschte immer wieder auf dich zu

verheddert in deiner Stimme und deinen Sonnenscheinaugen Der Film rutschte im Handumdrehen

Was genau war die Geschichte, die einen einfachen Jungen aus der Innenstadt zum Absturz brachte?

fahren in den Vororten

seinem Schicksal mit einem gefährlich gestörten Geist nachjagen

Meine Träume und Fantasien von dir die ganze Zeit

Scheint, als hätte ich eine Illusion aus Glas und Eis geschaffen

Wenn du wirklich ein Traum bist, dann wecke mich noch nicht

broken Minds reparieren sich nicht von selbst Lass mich nur eine Weile leben lass mich noch einmal den Honig in deinen Augen schmecken, lass mich den Schmutz berühren, der deine Füße hinterlässt, du bist mein einziges Glaubensbekenntnis

Der Film ist vor einiger Zeit zu Ende gegangen

meine Freunde sagen, dass ich auch im Auto geschlafen habe

kein Wunder, wie herrlich göttlich du immer noch meinen ganzen Geist verzehrst. Es wird kalt und die Nacht geht hinunter. Der Frost spielt auch so, als würde er spielen.

Wenn ich aus der Tür in die alleinige Nacht gehe, stoße ich dir direkt in den Rücken

und sehe Sterne vor meinen Augen "Es tut mir leid", "Hallo", dachte ich, ich sage

"Du bist es", was ist eigentlich mein Mund verraten Es sind ich und du allein unter den Sternen

aber warum all der Aufruhr und warum all diese Autos, dachte ich, es sei Stille, aber

Ich kann jetzt die Sirenen hören und schreien

Bin ich es, der tot auf dem Boden liegt? Wann ist es passiert?

Wie bin ich gestorben?

Bist du auch ein vorbeiziehender Geist? Warst du immer ein Schatten, immer ein Schatten

Nein, das kann nicht passieren

Wecke mich von diesem Tag an

Das Lied ist zu Ende und ich sitze keuchend in meinem Bett

mit Kopfhörern und unendlicher Angst So lange habe ich diesem Wunschtraum hinterhergejagt, als hätte ich die Verbindung zur Realität verloren Jetzt, wo ich laut nachdenke

dieses Charisma macht mich nicht stolz Egal wie hell

Ich werde dich auch im Nachhinein nie verfolgen Lektion gelernt und im Blut notiert Wie habe ich mich jemals gewundert?

du könntest mein glück sein

Schattenhafte Ströme

Es ist jetzt

Kann zu dieser Stunde nicht spitzen Kannst du "Mangley-Karton" sprechen

Zuerst, als ich mein Schicksal erreichte

Alles, was zählte, war die Sache

Und jetzt sehe ich nur noch die Robotik

Bei „Parley Stoppers" mit einem Glas Wein und indolentem Plaudern

Überfüllt von Reichtum und Politik Alles, was das Herz begehrt

ist genau hier neben diesem Feuer, aber wo sich mein Verstand befindet, wird in den Geschichten durch Fäden erdrosselt, die keine Höhlen brechen können, die ich nicht belasten kann

verrückte in der Welt von hoffnungslosem Gerät umgeben Aber

Kann zu dieser Stunde nicht spitzen Kannst du sprechen

"Rette mich, Vater"

Es ist dann

Essen in den „Pflegefamilien"

Alles, was ich alleine auf die gerissenen Schienen starre

die Kinder mit ihren sanftmütigen Gesichtern, die über den Turm gegangen sind, können zu dieser Stunde nicht aufsteigen

Kannst du "Geistertürme" schreiben?

Gefolgt von einer Kette von Geheimnissen, an die ich mich erinnere, ist alles Geschichte Mit einer Runde Haufen

Er landete stark auf den Saiten Aber der Sprung landete woanders Sonst wohnhaft Wo war ich Das Geheimnis in einem fremden Land filtriert ein fremdes Keuchen

wer sonst noch rezitieren kann

ein neues Kapitel meines Lebens Aber

Kann zu dieser Stunde nicht ihren Höhepunkt erreichen Kannst du "Herz angestellt" ausdrücken

Zuerst, als ich eine hungrige Nacht schlief Alles, was zählte, war die Sache

Und jetzt kann ich nur noch die Hände sehen, die gefüttert haben, auch wenn es nur ein Laib Brot war

Begonnen und ausgefüllt

eine Gilde von Freundschaftsclubs, ausgeruht von armen Seelen, die abwesend sind und gesichtslose Herde und Reize, durchweicht in der traumlosen Welt nebulöser Bauernhöfe. Zuerst, als ich anfing, "Backfeste" zu backen

Alles, was zählt

war die Sache Und jetzt kann ich sehen,

Mit den verlorenen verdienten Münzen steigert und setzt sich die
Hilfe, die du gegeben hast, frisch in den gleitenden

wrap und Tray passt aber

Kann zu dieser Stunde nicht spitzen Kannst du "Sorry Harver"
sprechen

Es ist für immer

Zuerst, wenn ich aus den "Open Barleys" fliehe

Alles, was zählte, war die Sache Und jetzt kann ich sehen, dass es düster ist, dich hinter meiner Zukunft zurückzulassen

Aus dem Garten rennen und sprintende Bäume sehen Der Zug strahlt

in der bezauberndsten Straße An diesem ersten Abend, als ich dich traf, hast du gestarrt

nur meine Augen Ruhe war Stille auch während des Schlafes Und jetzt kann ich die Hauptstraßen sehen

mit 'Morgenlavenders'

in Frankreich Ich erreichte nur einmal, ich träumte

wie es wäre, ein Zuhause neben

du und ich arbeiten Seite an Seite verschachtelt und gepflegt so und so tanzt ein mystisches Spektakel

des Geliebten und der Seele Aber

Kann zu dieser Stunde nicht gipfeln Kannst du träumen

'Obst und Feuer'

Zuerst, als ich meine Motive schrie

Alles, was zählte, war die Sache Und jetzt kann ich alles sehen, was flieht

sind meine Träume seltsam besetzt

in den 'Shadowy Streams'

im Weltraum, zwischen Sternen

Der Sturz des Schiffes
Ich habe mich in meinem Herzen fixiert
Mit den Bildern von lieben Freunden
Ich blieb auf dem Schwerkraftradar im Weltraum

Der Hyperraum machte die Energie, gefolgt von einem tödlichen Schlag
Wenn eine Sicherheitsverletzung aufleuchtet
Ich stürzte auf die Sicherheitskapsel zu

Fehlende Kraft
es verfälscht seine Funktionsweise Die Energie ist ineffizient
Um es von seinem Kern zu trennen Hier kommt eine Idee!

Unterrichtet von einem sterbenden Freund, der Soldat auf dem Feld war Gelernt und geübt
als er mit einem elektrisierenden Rückzugsort wegging

Der Anstieg ist in der Nähe
Aber die Kabel sind verpackt Also, ich zupfe es mit den Fingern
Und schneiden Sie sie in ein offenes Ende

Wenig Fügen und Schneiden
Hier und da etwas tun Die Drähte sind zusammengepackt und treiben die Energie in die Nähe

Das Pod-Geräusch signalisiert seinen Start

Wieder im abgesicherten Modus, da uns die Motoren weit fahren Das Schiff dahinter ist ein wunder Anblick

Alle Rettungskapseln sterben in einer Lötlampe Abgelenkt und frustriert

Ich habe das Zeitgefühl verloren

Da ich meinen Sicherheitsgurt nicht trug, schlug ich auf meinen Kopf und

gab mir einen rotierenden Preis

Die Verliebtheit beginnt auf der Reise der zerrissenen Bore von Kreaturen, die ich in einer verzweifelten Schote liege, die sich jetzt in Richtung Sicherheit neigt

Ich marschiere zusammen

auf diesem erbärmlichen Planeten ohne Leben Nach all dem Leid frage ich mich,

Ich habe mir nur ein schmerzendes Auge gegeben

Sasaeng

Ich erinnere mich an den Zirkus und das Nachtkatapult, den Sommersalat und das Tauchen in Stolz Ich erinnere mich an die Menge und ihre Jubelrufe

aber diese Erinnerung verfolgt mich jetzt und spottet Dieser lebenswichtige Moment der Anerkennung und des Lobes ist zu deinem schmutzigen Blick geworden

Jene Arme, die hinter diesen verborgenen Augen und Eldritch-Schnüren hervorkrochen

Ich erinnere mich an die Katastrophen, die du genäht und geerntet hast, immer in Schwierigkeiten mit Paparazzi und Ligen

Selbst wenn du auf der schwarzen Liste stehst, folgst du mir bis zum Morgengrauen. Meine Muskeln sind es leid, im Ton zu bleiben. Meine Augen sind sackig und voller Schlaf. Sollte ich wachsam sein oder bist du endlich geflohen? Die verdeckten Gefahren von Schatten und Knochen lagen jetzt schwer auf meinen Schultern und Sohlen

Ich möchte nicht wandern oder irreführen, wie bin ich in diese Verstrickung der Gier geraten?

Warum ist ein Mädchen Ihres Kalibers in diese gefährliche Linie gefallen?

Haben Sie einen Namen oder sind Sie nur eine Sole?

Nutze dein Talent in etwas, das mehr Spaß macht. Was bedeutet diese Sally Lunn? Lass mich in Ruhe und kümmere dich um dein eigenes Leben. Gib mir keine Versprechungen und kein trauriges Lächeln. Dieses Tag-Spiel von Maus und Katze

wird bald ein drastisches Ende nehmen

Du sagst, du tust dies aus endloser Liebe, aber du hast mich unglücklich gemacht und mich gemieden

Das Talent, das mich göttlich gemacht hat, fürchte ich, hat mich für ein höfliches Leben verlassen. Verwandte fragen, warum ich so Angst habe

aber ich möchte keine Schmerzen mehr verursachen Dieses helle Leben von Stadien und Flügen

hat mich dazu gebracht, die Türen zu meinem eigentlichen Typ Oh! Himmel, ich bettel und krieche

meine Probleme und ihre Hörner heben Ich möchte nicht mehr wohnen

in dieser Gesellschaft von verrückten Ehefrauen.

Es gab zwei Arten von Tod

Sie griffen mein Herz an und zerquetschten meine Seele

Es verweilt jetzt

in Richtung des stinkenden Bodens

Mein Gewissen sagte mir, ich solle rennen und mich verstecken

auch wenn im Slum

Die gefährlichen Männer sind in der Nähe Ich verfluche den Herrn und renne stirnrunzelnd

Sie berührten meinen Geist und schlachteten mein Herz Meine Gedanken werden zu einem Spektrum

voll mit Abfall

Mein schlaffes Kinn spaltet sich, berührt meinen Körper und fingert um die schmutzigen Hände an meinen Haaren

schneide meine helle Haut und starre, bis sie mir in einer gnadenlosen Zurschaustellung meine Tränen brach

Gezeigt und zerrissen, bis ich weinte, lass mich in Ruhe, denn ich sterbe'

Behalte den Teufel für dich

fassen Sie meinen vernarbten Verstand nicht an

Das Gefühl ist weg, aber die Abneigung im Inneren, die ihre Kehle durchschneidet, ist immer noch im Inneren Das Wasser ist schwer

und die Zeit ist getrennt

Mein Urteilsvermögen ist schief

wie die zerbrochenen Stücke einer Splitternarbe Alles, was ich hatte, ist jetzt weg

Mit dem Wind und dem Schnee gegangen Zwei Arten von Tod, mit denen ich konfrontiert war, waren jetzt und die andere dann. Sie sagen, man brennt und

die andere

macht dich innerlich

Ich hoffe, ich könnte mich für die letztere Seite entscheiden, aber mein Herz ist schwer

und ich bin zerrissen Genau wie eine Obduktion in einem Feenwagen

Obwohl der Zauberspruch ein paar Mal anhielt, kann ich jetzt sagen,

Das

Alles ist ruhig.

Ich werde aufstehen

Vergangene

Mit dieser Leidenschaft liege ich auf deinem Thron Mit diesem Herzen verfolge ich deinen Geist wie einen vollwertigen Stein, es stört

ich und du die ganze Zeit

Mein Kind schreit nach deinen Gesichtszügen, die vom Nebel des Himmels vernebelt werden

Aber

Mit einer Schaufel in der Hand sprengst du meinen Verstand in die Luft

Es wird das Licht kommen, das vom Himmel reitet

Entflohen all die Leidenschaften, die tief im Inneren vergraben waren

Die Lebendigkeit deiner Augen, in die ich hin und wieder mit meinem Zeh gestürzt bin

Ich erinnere mich an meinen Feind

Mit diesem Traum liege ich in deinen Armen Mit dieser Hoffnung rufe ich wie ein vollwertiges Prunkstück nach deiner Suite,

liegen in der Ecke du und ich

Mein Kind schläft einen leeren Magen vernachlässigt und benommen in Schmutz und Fett Aber

Mit deiner Hand auf der Traverse mordest du mich

Es wird ein Regen aus den Wolken singen, der von der Hoffnungslosigkeit gehalten wird, die tief unten klingelt

Das Feuer deiner Seele

Ich bin hin und wieder mit meinem Zeh reingekracht

Du bist mein Feind

Jetzt

Ich habe nie einen Schritt gemacht, weil ich zu der Zeit
Wann
du küsst mich unter dem Mistelzweig wie ein wahres Regime
Jetzt sind die Zeiten vorbei. Ich werde nicht länger dein Sklave sein.
Mein Kind schaut jeden Morgen und Tag zu mir auf. Meine Tugend
vergräbt sich in Herrlichkeit.
mein Zorn wird dich lebendig fressen Ich habe genug Schmerzen
ertragen
um es heute Abend wieder zu verursachen In dieser Stunde des
Geheimnisses kann ich vergessen, wer ich war
Aber in den Blicken der Geschichte ist es immer hier und im Voraus
Die wahre Natur des Sieges

liegt im wahren Selbst, auch wenn es in Stücke gebrannt wird
es klingelt in der Schale Ihr Schmerz ist kein Vorteil
es wird mich begraben Denn ich habe dir mein Herz in seiner vollen
herzlichen Form gegeben Aber jetzt ist es fertig Erledigt und es wird
gesagt
Nicht heute Abend und in Zukunft wird eine Frau auf dem Spiel
stehen
I love you to glory In its true fold and fine In every now and then
Denken Sie daran

Ich werde aufstehen

Teil IV

Elliptische Umlaufbahn

Ich bin mit einigen Träumen in der Blase und wenn ich zu nahe komme, fürchte ich

dass es entweder aus meiner Berührung platzt und mich der Außenwelt aussetzt oder sich weiter von mir entfernt ausdehnt

wie ein Ballon mit mehr Luft gefüllt ist Ich mache mir Sorgen um alle Ergebnisse Also bleibe ich stagniert, wo ich bin

Den Mut, den ich früher hatte

erscheint jetzt wie ein Erinnerungsfragment, das einem seltsamen Passanten gehört Wie dieses Mädchen früher ich war

voller Ideen, voller Abenteuer Wohin ist sie gegangen?

Warum hat sie mich in Ruhe gelassen?

Ich versuche, eine andere Lösung zu finden, aber mein Körper ist von Angst ergriffen. Es steht zu viel auf dem Spiel und

Ich möchte noch nicht aufgeben

Dennoch liege ich hier stagnierend in dieser Vinylscheibe

Früher war es ein Garten der Melodien und Gedichte, jetzt verwandelt es sich in ein sterbendes Feld

Bald werde ich Stellung beziehen müssen, aber ich bin noch nicht bereit dafür

Die Leidenschaft, die ich früher hatte

erscheint jetzt wie ein fernes Spinnennetz, das unsichtbar und stellenweise zerrissen ist Wie dieses Mädchen früher ich war

voller Überschwang, voller Tatendrang Wohin ist sie gegangen?

Warum hat sie mich in Ruhe gelassen?

Ich kann nicht wach liegen, während sich die Welt dreht Ich muss aufstehen und gehen

auch wenn es bedeutet, meine kalten Füße zu schleppen, werde ich nicht vergessen und weggeworfen wie die Erinnerungen eines Kindes

Für immer verborgen zu bleiben ist ein Narrenstolz Egal, wohin mich meine Entscheidung führt, egal, ob ich alleine davon absteige

mein Schatten steht Hand in Hand mit mir, warum ich dachte, ich wäre allein?

Das Feuer, das ich früher hatte, wird sich verzehnfachen

Es ist nicht mehr nur Asche und Asche Es ist eine Rezitation meiner inneren Schreie Wie dieses Mädchen früher ich war

voller Tapferkeit, voller Hingabe Sie war die ganze Zeit hier

Hat sich gerade in eine bessere Form verwandelt, die ihre Anerkennung so erschwert hat

dass ich die Ewigkeit in dieser elliptischen Umlaufbahn verbracht habe, die sich so lange an einem Ort drehte.

Labyrinth der verlorenen Seelen

Ich bin verloren und allein in diesem unheimlichen Nebel und es gibt keinen anderen Ort, an den ich gehen kann

Wenn ich glaube, dass es wieder so sein wird, wenn ich rauskomme

Ich belüge mich selbst

Für dich und mich wissen beide,

Ich habe mich in dieses Labyrinth vertieft und an jeder Ecke und in jede Richtung wird es scheitern

Du nennst mich einen Pessimisten

aber ich bin ein Wunder der Realität Umgeben von Schafen und Hühnern

Ich nehme Kontakt mit der Realität auf

So lange habe ich mich auspeitschen lassen Aber ich werde jetzt müde

all dieser Beleidigungen und Bars

die mich in diesem monströsen, aber hohlen Wagen angekettet halten sollen

Du sagst: "Nimm meine Hand", aber ich bin ein selbstständiger Narr

Zu eigensinnig und unabhängig, um die Kraft in dir zu sehen

Die Stadtmauern haben sich angezogen und ich bin mehr verloren und allein

ohne Bekannte und Leute, die diesen Untergang herbeirufen können

Die Feinde, die ich mir gemacht habe, akzeptieren meinen Waffenstillstand nicht Sechs Jahre harter Arbeit verrotten in meinen Schuhen

Die Schwerkraft zieht mich jetzt runter Was einst über den Wolken war, klebt jetzt am Boden

Du sagst, ich kann die Dualität, die unter mir existiert, nicht besiegen

Aber ich werde nicht nachgeben

zu diesen Dienstspielen, auch wenn mein Geist verstümmelt ist

Du siehst mich in diesem dunklen Korridor und ich weiß, dass es deine Seele verletzt

Aber ich bin nicht so sehr in dieser Dunkelheit verloren, dass ich sicherstellen kann,

Wirst du deine Daumen drehen, bis ich diese Akkorde anbinde?

oder wirst du mich auch in diesem Labyrinth zurücklassen, ganz verloren und allein

Schweres Herz

Tergiversating with a heavy heart When rain gies on the temple of her eyes

Ich blitzte zurück zu den Erinnerungen, die tief im Inneren vergraben waren

Die Ebene brennt im Feuer

hinterlässt ein Flüstern des herabgefallenen Windes, wenn die eisige Flocke beginnt

Mir blieb kalt entlang des schrecklichen Windes Die aufhellenden Sterne der bröckelnden Wände

ergreife mein Herz in einem windigen Sturm Ich sah den Schwächling ihren Geist durchqueren

Um die tief vergrabenen Narben zu lesen

Tergiversierend mit schwerem Herzen

Als Schnee auf ihre Füße fiel, blitzte ich zurück in die Erinnerungen an

die Flüsse und Bäche Das Land ist schlicht mit Einblicken in

die gebrochenen Sterne Gesplitterte Knochen spritzen herum und

Ich blieb dunkel in den Membranen des isolierenden Emporkömmlings

Das versprizte Labyrinth der strukturierten Zone

verstrickt meine Seele auf einem eindringlichen Moor

Ich erkannte den Schwächling, der ihre Angst bedeutete

Die Träume zu lesen, die jetzt bloßgestellt werden.

Antediluvian Shores

Ich dachte, du wolltest leben, aber du denkst immer ans Sterben
Denken an Möglichkeiten, mein Leben zu quälen

Ich habe aufgehört, hinter dir herzulaufen, wie in der Vergangenheit

Ich bin mein eigenes Schicksal, aber warum bin ich immer noch so traurig?

Auf allen Wegen und zu allen Zeiten habe ich wie ein drittes Rad gesessen

in Schuld, im Streik

Aber jetzt ist nicht die Zeit, über meine Wünsche nachzudenken

Ich bin tief im Trauma und denke an Scheiterhaufen

Ich dachte, du wärst mutig, aber du versteckst dich immer im Dunkeln

Verstecken in Räumen bis

es verwebt sich zu Stäben

Ich weiß, es ist in der Vergangenheit und alles ist getan und weg Aber hier bleibst du immer noch an diesem Ufer stecken

Das Boot, das Sie vorbereitet haben, ist vor langer Zeit abgefahren
Links mit deinen Lieben, deinen Erinnerungen, deiner Pneuma
und deine Seele

Ich dachte, du wolltest singen, aber du bist immer hinter der Bühne
Andere anfeuern
die Anerkennung für Ihre Arbeit erhalten, und Ihren Namen

Ich habe aufgehört, Ihre Entscheidungen zu kontrollieren, wie in der Vergangenheit
Ich bin meine eigene Säule
aber warum bin ich immer noch so elend traurig?

Auf alle Arten und zu allen Zeiten habe ich Ihre Handlungen bereut
mit Tränen, aber Stolz

Aber jetzt ist nicht die Zeit, um in diesem Wirbel festzusitzen. Du musst neu auftauchen, als ob du aus Feuer gemacht wärst.

Sie können ein neues Schiff bauen und diese vorsintflutlichen Ufer verlassen und wieder
ihre Lieben,
deine Erinnerungen, deine Pneuma und deine Seele

Ein halber Gott

Das Feuer und das Meer werden dich zum Weinen bringen, wenn du diese kleinen Dinge

verbrauchen Sie Ihren Geist

Der Schmetterling denkt nie nach, bevor er einen Kokon gebaut hat

Lassen Sie nicht zu, dass diese schweren Lasten Ihren Mittag einnehmen

Was kommt und geht, ist ein natürlicher Lebenszyklus

der himmel und der mond bekommen auch angst

Die Asche und die Sonnenfinsternis fragen nicht, bevor sie gehen. Die plötzliche Transformation ist eine regelmäßige Aufgabe. Was du verloren hast, wird nicht zurückkommen.

wenn du die ganze Zeit darüber nachdenkst, wird der Schmerz dich betrügen und zurückgewinnen. Die Blätter denken nie

bevor sie den Baum verlassen, wenn der Herbst anklopft, wissen sie, dass es ihr Schlachtfeld ist. Mut kommt nicht so einfach

wenn Sie Tonnen von Glanz verloren haben, aber es gibt eine Schulter

zum Anlehnen, wenn man weint

Das Land und die Sterne verlaufen in parallelen Linien, aber sie sehnen sich nacheinander

in ihrer eigenen Natur der Notlage

Was ist passiert? Ich bin nicht bereit, etwas zu ändern, aber warum spielt es eine Rolle?

wenn Sie unnachgiebig darauf bestehen, mein Gesicht zu entfernen

Die Schöpfung und die Kreaturen sind alle in einem, eingehüllt in die Texte ihres Avatar-Kollegen. Weiche nicht von deinem Weg ab.

Das Wasser denkt nie nach, bevor es deinen Durst stillt, warum du es dir dann zweimal überlegst, bevor du etwas Gutes tust

Ich weiß, dass du mich hasst, seit ich dich mir genommen habe

aber wenn ich du bin und du ich bist

warum fliehst du vor dir Gib mir deine Hand

und ich werde alles in Ordnung bringen

es begann mit meiner Entscheidung und bald wird es in seinem Spott enden

Triff mich um Mitternacht

wenn der Mond am höchsten ist, beantworte ich alle deine Fragen über das Leben und mich

Aber wenn du kommst, um dich zu treffen, erinnere dich, dass du nicht zurückgehen kannst. Der Weg ist eine Richtung

und es gibt kein Zurück

Es wird immer deine Entscheidung sein, aber ich wünschte, du würdest nicht kommen

nicht, dass ich nicht grüßen möchte

sondern einfach, weil ich dich jeden Tag in jedem Bruchteil des Lichts sehe,

auch wenn du dich von mir abwendest und ohne Verbeugung lebst

Ich bin direkt neben dir

auch wenn alles, was ich greife, leere Stühle sind Also, ich bitte dich mit unsichtbaren Händen

sich wieder dem Licht zuwenden Lerne wieder zu lächeln und zu spielen

mit mehreren anderen, die mir gehören Die Blumen und die Bienen werden es hassen, wenn ich dich früher als das Datum genommen habe

Also, ich wünsche dir, dass du bleibst und ein glückliches Leben lebst.

Time Wrap

Die Zeit verblasst
wie die Nacht vergeht All die Mitternachtsblumen
verdunkelt sich mit dem Licht.

Die Stunde täuscht vor
nervosität schlagen lassen Alle meine Tränen
Einfach in der Nacht einfrieren

Alle meine Anrufe fahren an diesem Punkt vorbeiziehen Zweige, die mir auf den Kopf schlagen Gruselige Taktiken langweilen.

Täglich beten
Es hat mich erleuchtet Es ist eine Zeitfalle
Ein Zeitraffer

Die Stunde wird lauter Viel vermisst als ich schwöre Meine Brust berühren
Und ich ziehe laut

Brüllen ist Ruhm Sehnsucht nach viel, um zu wachsen Für diese Zeit, in der ich mich kratze, bin ich einfach nicht mehr

Es ist eine Zeitfalle Kein Ausweg
Die Mitternachtsuhr klingelte und ließ mich ein Geräusch hören

Es ist eine Zeitfalle A Time Wrap
Das umhüllt mich mit diesem Schlag, der jeden Tag wächst und
Zu viel reden.

Wir.

Das Leben auf der Bergklippe stürzt mit dem Erdrutsch

Zerbrochene Felsen, leuchtende Sterne können mich zu dieser Stunde nicht retten Lass mich gehen, denn ich kann nicht bleiben Die Klauseln des Glücks

werden vom Regen vernebelt

Der Nebel in dieser wolkenlosen Nacht fällt, als ich zurückfalle

Ich habe versucht, nach dir zu suchen. Ich habe mich an alles erinnert. Ruf mich zurück.

Damit ich mich nicht steche, Liebling!

Du wirst eine Zukunft haben

Und ich werde in jedem Beat dabei sein

denn in jeder Prüfung deiner Geschichte bin ich barfuß gegangen.

Samsara

Bitte verzeihen Sie mir die Todesursachen

Ich weiß nicht, woher ich die Kraft sammle, denn ich weiß, dass du im Schlaf sterben wirst, und ich weiß nicht, wie ich dich leben lassen werde

Und als ich dich bat, mich zu heiraten,

und haben Kinder, die auf den grünen Feldern spielen. Alles, was du gesagt hast

Du weißt, dass du sterben wirst

und du willst nicht, dass ich ein verfluchtes Leben lebe, ich könnte mit jemand anderem glücklich sein

Abenteuerlustige heiraten nicht so jung Und als ich dich vom Himmel springen sah,

Ich fing an zu weinen, denn du bist mein einziger Traum Und als ich weinte und meine Augen öffnete

Ich sah dich daneben, im schwachen Licht der Sonne. Denn du bist die Morgendämmerung, ich bin deine Dämmerung.

Und es gibt keine Vergangenheit, keine Geschichte, der man vertrauen kann Du nennst es eine natürliche Kontingenz des Lebens, die jeden Tag in der Dämmerung beginnt

Also, während ich in deinem sterbenden Licht inkarniere,

Ich sehe ein neues Morgen, eine neue Nacht

Ich sitze da und verbringe Zeit damit, mit dem Mond zu plaudern, den Geschichten von Donner und Vorahnungen zuzuhören

Ich warte auf unser nächstes Rendezvous in der Hoffnung, Ihnen alle Geschichten des Lebens zu erzählen

Also bitte verzeihen Sie mir die Todesursachen

Ich weiß nicht, woher ich die Kraft nehme, in dieser Schleife der ewigen Freude zu atmen

Ich habe mir gedacht, diese Geschichte geht weiter bis ins Unendliche

Kontrolle

Als ich in einer gebauten Zelle lebte, wurde ich in den Wahnsinn getrieben

durch die Geschichten des Lebens weiß ich nicht, wer ich bin

oder wie man den Zug erreicht Was ist, wenn ich zu spät komme und langsam bin und er wegläuft

mich zerschmettert zurücklassend Niemand fragt sich, warum in der Hoffnung, alles zu kontrollieren

Ich wurde alt und zerknitterte mit der Zeit Es flog wie die pulverisierten Körner und konnte sie nicht wieder halten

Ich denke, dass ich endlich verliere

Und die Kontrolle zu verlieren

Das war einmal meins

Leben in anderen Menschen Schatten Ich bin hohl und zerrissen

Wie mein Erinnerungsfragment

Ich drehe mich über meinen eigenen Kopf Es fühlt sich an, als stünde ich still

wenn es regnet Die Blätter wechseln ständig mit dem Wetter

Und sie bewegen sich mit dem Wind Niemand fragt sich, warum

In der Hoffnung, mich selbst zu retten

Ich wurde mit der Zeit gefühllos und egoistisch Es flog wie das geschmolzene Glas

Und sie nicht wieder zu halten, denke ich, dass schließlich

Ich verliere und verliere

Kontrolliere, dass es einst meins war

Wenn ich mit einem goldenen Rahmen denke, bin ich ein Gemälde, das

mit obskuren Farben Und es tropft und rutscht

Bis meine Hände mit Regenbogenfarben bedeckt sind

Und Diamanten

Nur wenn ich wüsste, wie man sie benutzt Wie man sich selbst heilt

Niemand fragt sich, warum in der Hoffnung, wieder zu Kräften zu kommen

Ich wurde mit der Zeit still und taub Es blies wie der Dampf des Motors Und konnte sie nicht wieder halten

Ich denke, dass ich endlich verliere

Und zu verlieren

Kontrolle, die mir gehörte.

Unten in der Leere

In der tiefsten Suche meines Geistes entlang der schrecklichen Ränder des Aufruhrs,

Ich habe die Bedeutung von Freude gefunden

tief verborgen in den Wächtern der Erinnerungen Ein einziger Faden in tausend Stücke gerissen führt direkt in die Berge des Elends Die Reibung, die mich hinter sich zieht

bei jedem Schritt finde ich das Nest zerbrochener Vögel, die in Frieden im Land eines falschen Herrn ruhen. Die Natur der Energien dreht sich um die Elektrizität, aber sie ertrinken in den leuchtenden Pools.

ist die Litanei von begrenzten Früchten

aufgereiht ohne eine fressende Seele

Vergänglich

Emotionen bekamen die Chance, mich wieder zu verletzen Das Gefühl der Euphorie ist jetzt vergangen Es kam in einem Volt Licht

und lief mit einem anderen Stil Was Sie tun möchten

Du solltest es jetzt tun Die Zeit ist kurz und es läuft laut

Gestern bin ich mit Kopfschmerzen aufgewacht

Surreale Länder der Freuden sind vergangen Es kam in einem Donnerschlag

Und ist in einer anderen Atmosphäre gestorben Was Sie tun möchten

Du solltest es jetzt tun Die Zeit ist kurz und es tickt laut.

Unerinnert

Morgens

Im Schatten des grünen Dunkels, der in

Und verzehrte, was mein Wesen war Die Wiederbelebung der neuen Leidenschaft In mir

Wird geschlagen wie die Perlenmuschel, die die Risse des Meeres überstanden hatte Diese Zündung meines Herzens

schlägt weiter

Schneller und härter jedes Mal, wenn die Risse mit der Zeit breiter und wilder werden

Das läuft schneller als meine Füße

Abends

Im Inneren des Raupenkokons

Und verzehrte, was von mir übrig blieb Die Vereinigung der neuen Träume In mir

Wird zerrissen wie das Morgenlicht

die die dunklen Regenwolken überlebt hatten Diese Form meiner Hände

wird faltig

Jedes Mal schneller und härter

die Last wird mit der Zeit schwerer und kräftiger

Das singt schneller als meine Schreie

Mittags

Im Inneren des tückischen Schlosses werden Schwerter in

Und verzehrte, was ich hätte sein können Die Symphonien der neuen Welt In mir wird vergraben wie das Herbstblatt, das die Winterkälte überstanden hatte Diese Neugier des neuen Geistes erschüttert

Jedes Mal schneller und härter

die Seiten werden mit dem Tempo der Zeit umgedreht und aufgewühlt

Das flackert schneller, als ich blinzeln kann

Komet

Der schwache Ruf hat in meinen Ohren gekrault Es ist Zeit, wieder zu gehen

Der Mond ist plötzlich viel dunkler Hoffen & Sich fragen, ob ich bleibe Vielleicht habe ich ihm falsche Hoffnungen gemacht

Sich daran zu gewöhnen, wenn draußen ein heller Tag war Meine Hände sind jetzt zu sehr belastet

Und es ist tückisch geworden, dieses unheimliche Tor zu schließen

Der schwache Ruf wird lauter, dass er nicht mehr schwach ist

Ich stehe draußen in der Nacht Die kalte Luft ärgert mich

flackern mir die Haare und blasen mir um den Hals Der Mond ist nirgends zu sehen

Der Weg glitzert mit dem nassen Regenguss Meine Füße dazu bringen, vorsichtig zu treten

Hoffen auf einen Schritt, einen Ausrutscher und einen Sturz Die Sterne leiten meinen Weg

wie ein einsamer Liebhaber, der nicht bleiben konnte

Ich gehe Schritt für Schritt auf dieses lautere Geräusch zu

Ich sehe den Horizont wieder wie jede andere Nacht

Aber heute ist es aufgeregter als sonst flatternd wie ein Schmetterling

deren Flügel nicht gerissen und deren Farben nicht zerkleinert wurden

Ich laufe jetzt auf die Treppe zu Wenige Härteabdrücke und dann

es wird wieder still sein

Die Erinnerungen strömen in meinen Kopf Jene Momente von Blut, Schweiß und Tränen Die Fragmente, die mich am Leben hielten

Ein zerbrochenes Porzellan, das in einem engen Seil gehalten wird
Aber die Zeit ist gekommen, das Seil zu durchtrennen

Und fliege auf den Weg zu, der für meinen bestimmt ist, bevor er sich vermischt und verändert hat

am Waldrand

Meine Füße berühren den Boden nicht mehr Ich fliege immer höher

Den kalten Nachthimmel umarmen

das waren schon immer tausend Diamanten, die wie ein Komet im Echo meines Lebens glänzten

BE

Stellen Sie Ihre Füße auf den Boden und spüren Sie die kalte Oberfläche darunter, auch wenn Sie ausrutschen, es spielt keine Rolle

solange dein Kopf in den Wolken ist, auch wenn der Blitz zuschlägt

auch wenn mein Herz von Angst ergriffen ist, werden deine Freunde darauf warten, dass du dich ihnen zuwendest

stelle deine Füße auf den braunen Schlamm und spüre seinen kitzelnden Griff

selbst wenn Sie ertrinken, spielt es keine Rolle, solange Sie wissen, wie man unter der Oberfläche geht

über den Sternen im flachen Licht

weit weg

lass uns weit weg gehen

lasst uns dorthin gehen, wo andere nicht folgen können, wo sie nicht erreichen können

wo ich allein mit meinen Schatten sein werde, was mich stark macht, in der Hoffnung, dass ich eines Tages meine Ängste abwehren werde

und komme mächtiger und weiser auf die andere Seite und wenn ich diesen Kampf verliere,

auch wenn meine Dämonen gewinnen, werde ich glücklich weggehen

zu wissen, dass ich mit all meinen Händen und Füßen gut mit meinem Willen und meinen Träumen gekämpft habe, auch wenn ich dabei verletzt werde, bin ich endlich

die ich sein wollte.

Bedürftigkeit

Ich gehe dahin, bis ich aufhöre, deine Wut zu widerrufen. Ich habe mich selbst getäuscht.

mit falschen Träumen, als ich trauerte, fiel ich

niemand, der mich erwischte, als ich tief in den Brunnen fiel Du warst nicht dort verloren wie in einer Zelle Sie fragten mich

Meine Bedürftigkeit

Ich hatte nichts zu sagen, aber für die Honigtropfen wie ein Bär zu verirren

bis ich mich daran erinnerte, was du gesagt hast Sogar das Mädchen

honig anbieten

besitzt die Hinterhand einer Schlange, die ich an dein Tor geklopft habe

Ohne den Willen, zurückzukehren

Denken ...

Was für Dinge machen glücklich

Kennen sie mich überhaupt oder kennen sie dich

Ich habe den Stream gefiltert Ich habe den Text eingegeben Gut für nichts

Ich habe mich selbst erwähnt, aber weißt du

Mir wurde klar,

Als sie mich fragten, ob meine Bedürftigkeit

Warum ich dich brauche?

Nicht, weil du ein Held bist Nicht, weil du ein Traum bist Auch nicht

Denn wenn ich weine, waschst du meine Tränen

Nicht, weil ich nichts zu tun habe

ohne dich Auch nicht

Weil du mir Kraft gibst, wenn ich ein Versager bin

Nicht verursachen, wenn du lächelst Das Leben nimmt eine steile Wendung zum Licht Nicht verursachen, dass ich dich brauche

Denn ich kenne mich selbst nicht Verursache nicht, dass mein Herz schlägt Nur wenn du in der Nähe bist Auch nicht

weil ich aufhöre zu atmen, wenn du fällst

Ich akquiriere dich aus diesen Gründen nicht, aber trotzdem

Der Grund, warum ich dich brauche, ist

Wenn ich falle

Wer wird mich sonst noch erwischen?

Ich trauerte, ich fiel

Als ich tief in den Brunnen fiel Vielleicht warst du nicht da Sogar so sehr verloren wie in einer Zelle, als sie mich fragten

Meine Bedürftigkeit

Ich hatte verstanden, was ich sagen sollte...

Über den Autor

Hornbill Harcel

Hornbill Harcel wurde in Ras Al Khaimah, VAE, geboren und wuchs in Punjab, Indien, auf. Sie liebt es, wilde Pfade zu jagen, neue Wege zu beschreiten und Abenteuer zu suchen. Wenn sie keine Bücher aus Geschäften, Bibliotheken und Hügeln raubt, lernt sie klassische und Hip-Hop Fusion Dance Choreografien. Sie ist von Beruf Software-Ingenieurin und arbeitet seit 3 Jahren als Entwicklerin für Robotic Process Automation. Mit 14 Jahren schrieb sie ihr erstes Gedicht und verliebte sich seitdem in das Schreiben. Woebegone Wynds ist ihr erstes Buch.

www.ingramcontent.com/pod-product-compliance
Lightning Source LLC
LaVergne TN
LVHW041626070526
838199LV00052B/3253